JN290918

花げし舎

あいうえお

ん 詩画集

大石陽次 詩

太田拓美 画

あいうえお・・・・・・・・・ん　詩画集

目次

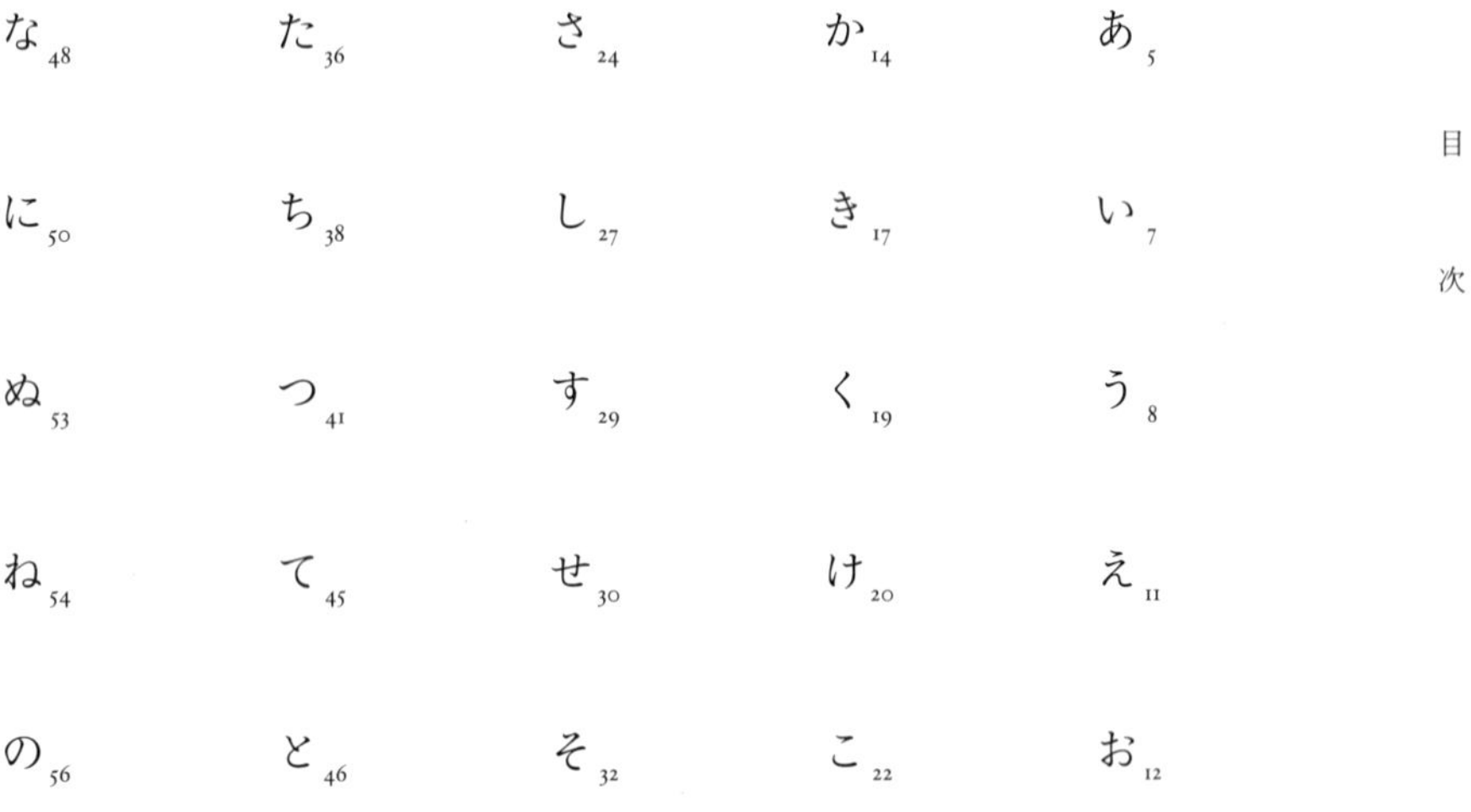

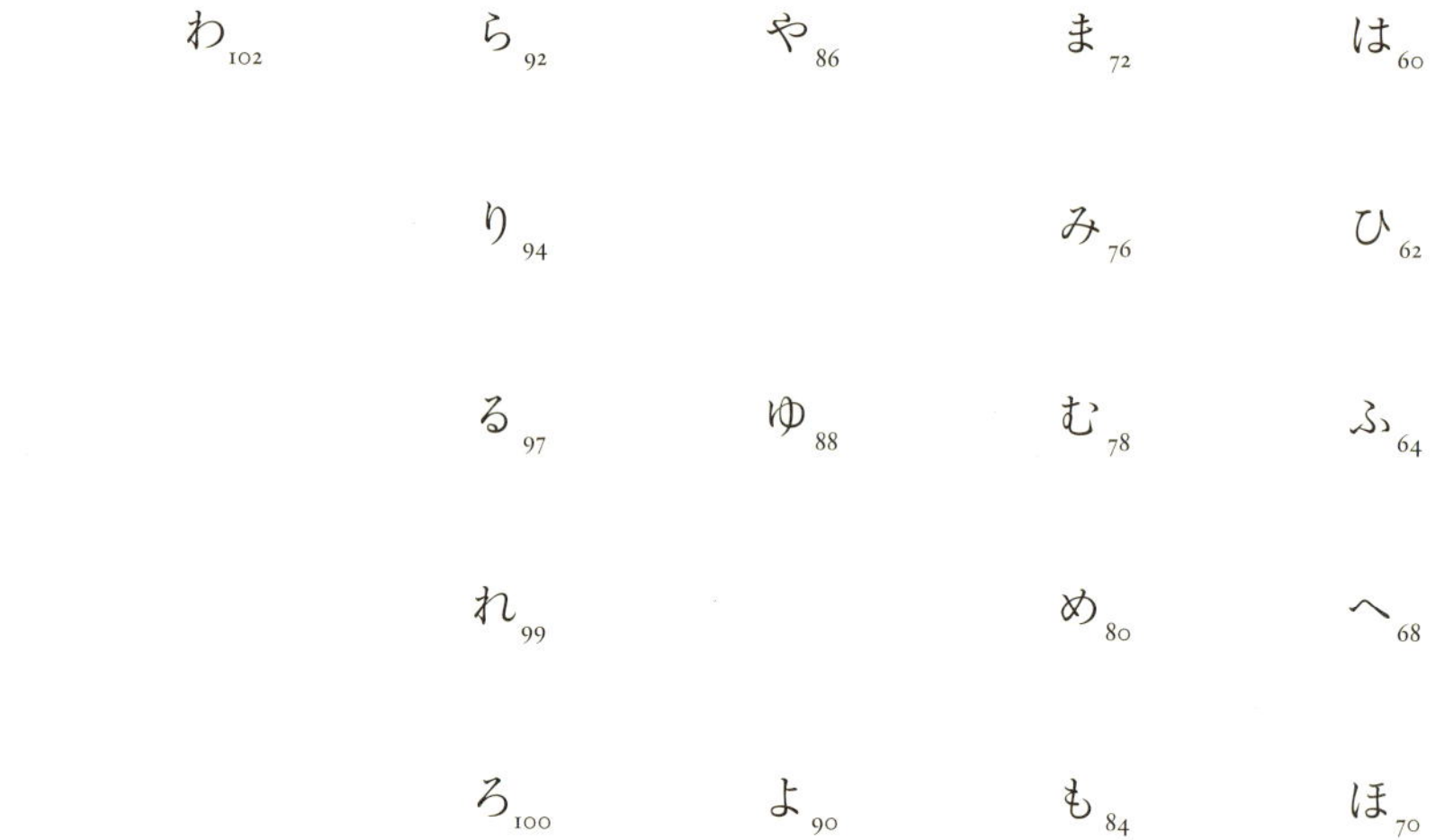

あ

あいうえおそらに
あーちのにじだ
あめりかがえりの
あめうりの
あまみやさんがあるいてくるよ

あまいあめはいりませんか
あいはおなかいっぱいでしょうが
あめんぼなんかはどうですか

あまみずのうえすいすいと
あいすすけーとくるくると
あなたのおくちでとけていく

い

いばりんぼの
いぬくんが
いちばんすきな
いわつばめちゃん

いそがしそうに
いんたーねっとの
いわしぐもをとんでいる

う

うみのうえに
うきぶくろ
うみがめちゃんが
うえにのって
うとうとと
ういたまんま
うそつきの
うみなりに
うつろなみみ
うっすらのめだま
うまれたての
うねりのむこう

うりずんのはなの
うちゅうをみてるよ

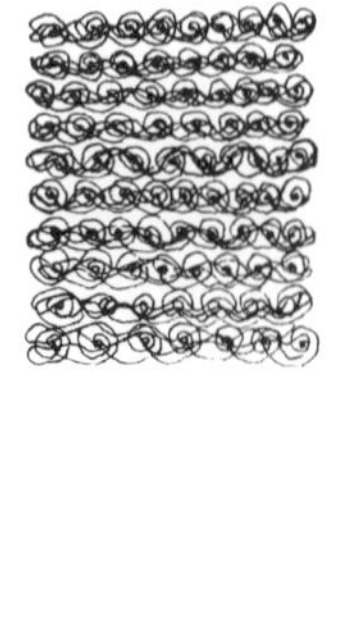

え

えのぐでかいた
えきにおり

えんぴつでかいた
えんとつがめじるし

えんどうまめ
えりんぎ
えしゃろっと

えーと
えーと

えだまめもつくってる
えんどうさんをたずねると
えんがわで
えをかいていたよ

お

おたまじゃくしは
おるごーるの
おとしもの

おりひめぼしは
おとぎばなしの
おとしもの

おちばは
おおぞらの
おとしもの

おきびは
おひさまの
おとしもの

おじいちゃんは
おばあちゃんの
おとしもの

か

かきくけこ
き　　　け
く　　　く
け　　　き
こけくきか

からからまわれ
からっかぜ
かってにまわれ
かざぐるま
かあかあまわれ
からすのこ
かけっこまわれ

かどのみち

かしこくまわれ
かけどけい

かみさままわれ
かたぐるま

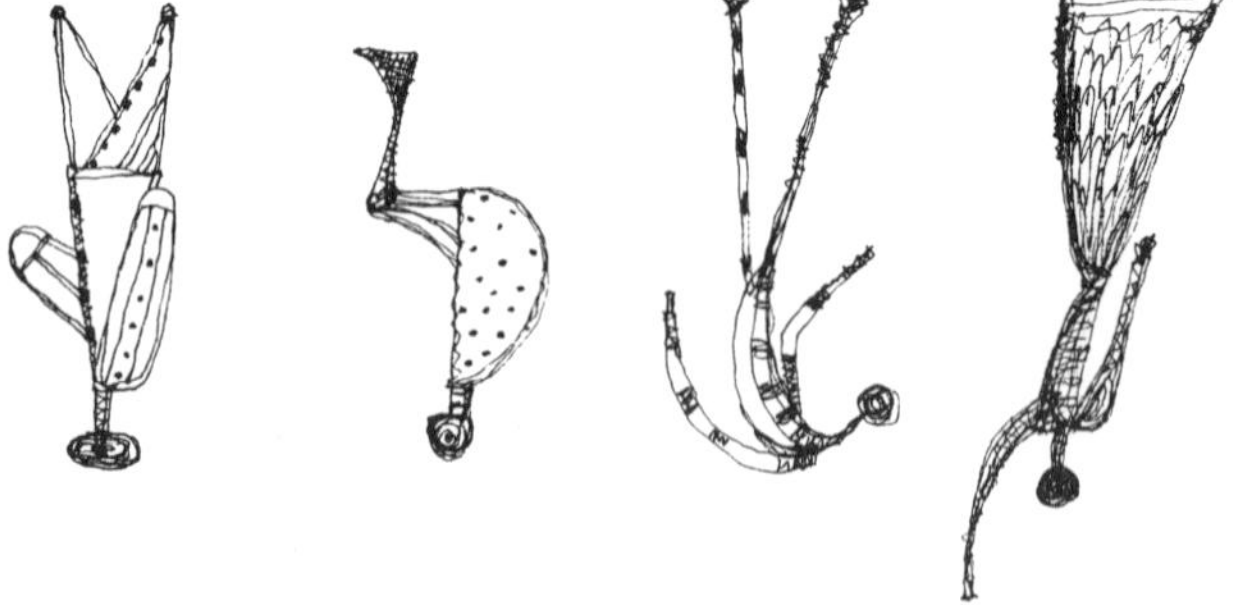

き

きたみちを
きたほうにかえる
きんあかのはなが
きのえだにゆれ

きんもくせいの
きれいなかおり

きのうは
きがめいったし

きょうは
きぶんがすぐれない

きりどおしのみちに
きんいろのかぜ

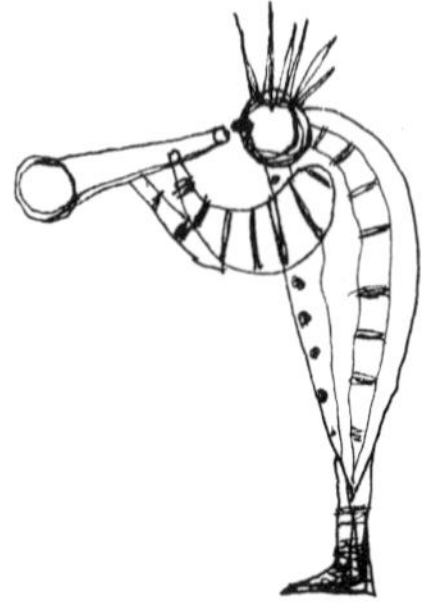

く

くまざさのうえで
くまのおやこ
くりのきのみきに
くわがたのおやこ
くわのきのえだに
くろつぐみのおやこ
くりくりのめで
くもをみてるよ
くいのてっぺんで
くいなのおやこもね

け

け　　けろ　　　ろ
　ー　けろ　　け
　　ろけろ　ろ
　　　けろけ
　　けけろ　ろ
　ろ　けろ　　け
け　　けろ　　　ろ

　　　けーろ
ろ　　けーろ　　ろ
　ー　けーろ　ー
　　　けーろけ
　　ーけーろ　ろ
　ろ　けーろ　　け
　　　けーろ　　　　ろ

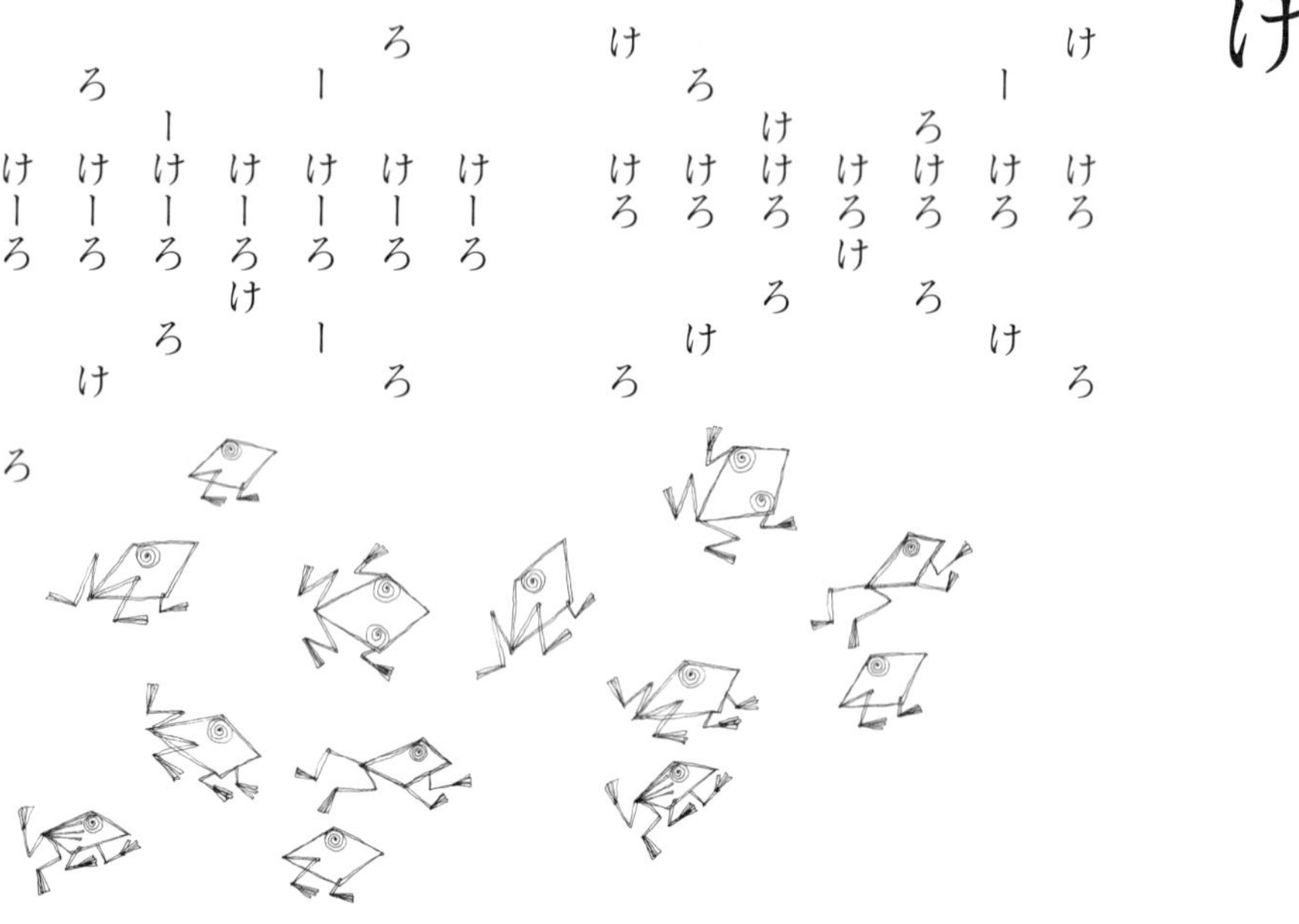

ろ
けっぽん
け

けっぽん
ろ

けっぽん

けっぽん

けっぽん
け

け

ろ

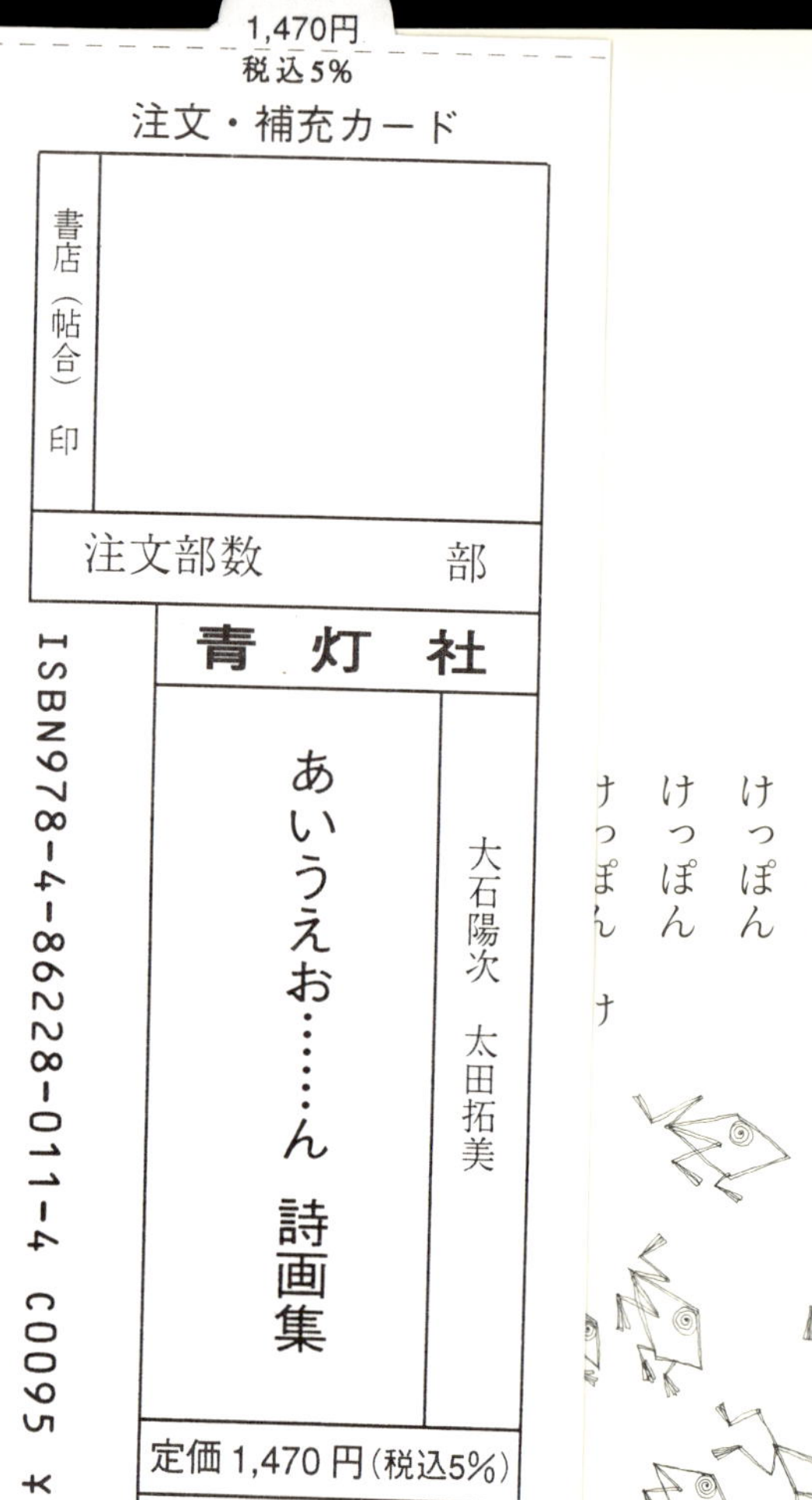

定価
1,470円
税込5%

注文・補充カード

書店（帖合）印

注文部数　　部

青灯社

あいうえお……ん　詩画集

大石陽次　太田拓美

ISBN978-4-86228-011-4 C0095 ¥1400E

定価1,470円（税込5%）

（本体1,400円）

注文　月　日

こ

こうちょうせんせいが
こわいかおして
こうもんをにらんでる

こいぬが
ころころはしってきた

こねこが
ごろごろあるいてきた

ことりが
こけっとりーにとんできた

こどもたちは
こうていでせいれつ

こまった
こまった

こんなはずじゃなかった
こっかいぎいんのらいひんは
こんりんざいこないぞ

さ

さんがつのつきは
さんざんなつきさ

さんぽにでかけて
さんぽでてんとう

さくらみにいって
さくからついらく

さかやのいすから
さかさにころげた

さかしらなやつに
さかなでにされた

さかなつりしたら
さおといとなくし

さんばしでこけて
さこつをくじいた

さがしものしてて
さらになくしもの

さいはてのとちに
さっていったひと

さいあくのつきさ
さんげきのつきだ

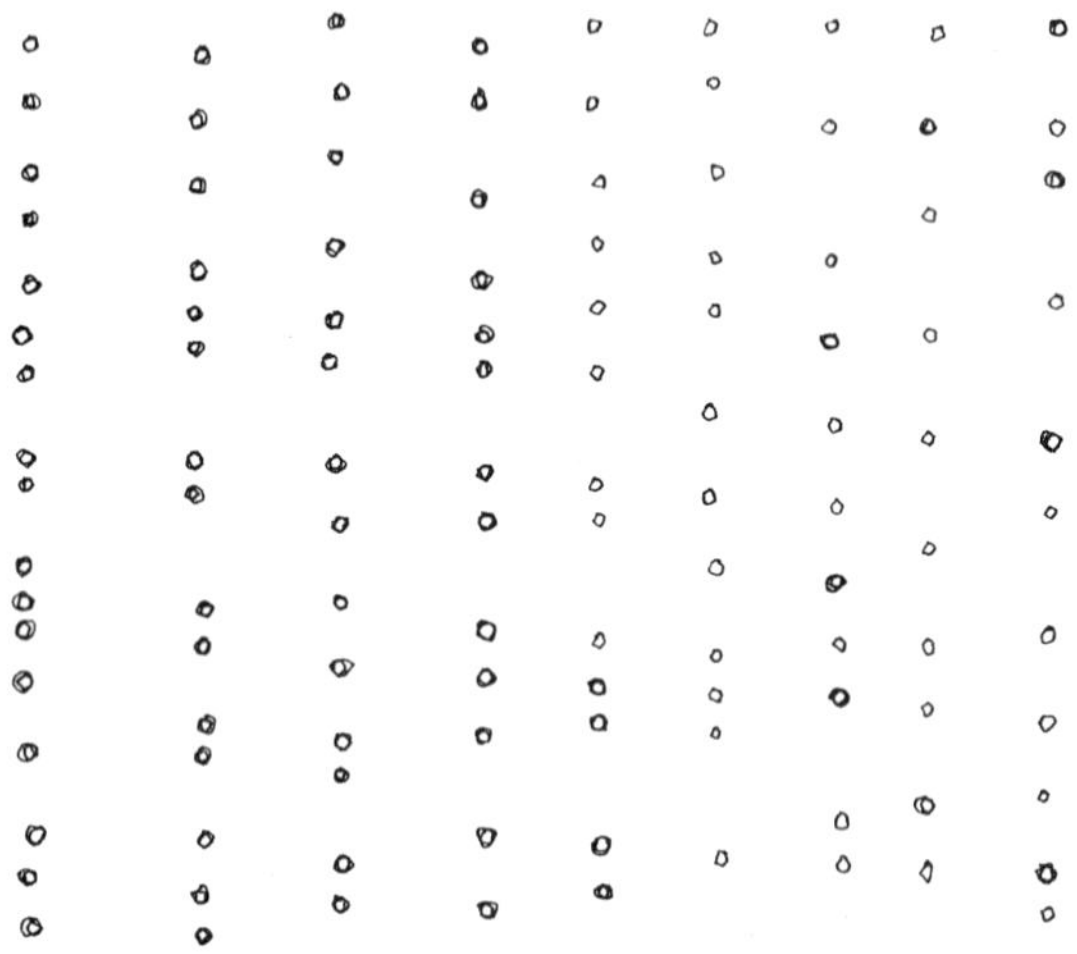

し

しらないまちに
しんしんしんと
しろいゆきふる

しじまのみさき
しおさいとおく
しらなみこおる

したしいひとの
しわぶきもせず
しぎたちつくし

しきのめぐりの
しるしもみえず
しきつめるゆき

す

すんだそらから
すずめがいちわ
すべりだいに
すずめがにわ

すなばに
すずめがさんわ
すきっぷして
すずめがよんわ

すいそうのふちに
すずめがごわ
すいめんに
すいれんのはな

せ

セロリをひとたば
せっけんをいっこ

セロひきはかったが
せんじつめれば

せいかつのためのしごとがない
せっとくできるおとをおとした

せわしない
せきりょうのまち

セレナーデが
せりにかけられたひ

せかいは
せっぱつまっていて

セロがかなでるゆうやけをきく
せいかくなみみをなくした

そ

そらの
そこには
ソル　ソラマンテ（太陽だけ*）
それゆえ
そこにはサボテンが
そだつ
それで
そのてっぺんに
ソンブレロかぶせて
そわそわ
そのにいちゃんと
そのセニョリータは
そっと

そばにすわり
そこつなくちづけ

それから
そこなしの
ぞっこんのあい

そのあと
そんなこんなで
それなりのこんなん

それでも
そいとげて
ぞくぞくとこどもやまご

そらの
そこにはいま
ソブラダ　エストレーリャス（ありあまる星々**）

* sol solamente
** sobrada estrellas

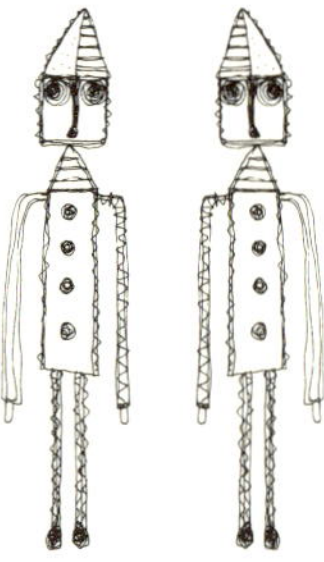

た

たんぼのわきで
たにしのこ

たかいきのうえで
たかのこ

たんなるやまで
たぬきのこ

たんちょうなうみで
たこのこ

たそがれに
たまらないこい
たくさんのいのちが
たったいまうまれた

たにしはなに（ぜ）しにうまれたの？

たか
たぬき
たこは？

たまらないこいは？
たしかなことはわかりません
たにし
たか
たぬき
たこ
たそがれなどにきいてください

ち

ちゅうざいしょのかどを
ちょっかくにまがり
ちんどんやのかぞく
ちかみちいそいだ

ちかくのむらの
ちいさなまつり
ちいきのせわやく
ちこくにおこった

ちびちゃんたち
ちへいせんみつめた
ちらばっている
ちぎれぐも

ちゃばたけのむこう
ちらちらとあかやきいろ

ちんどんちんどん
ちかづいてくるよ

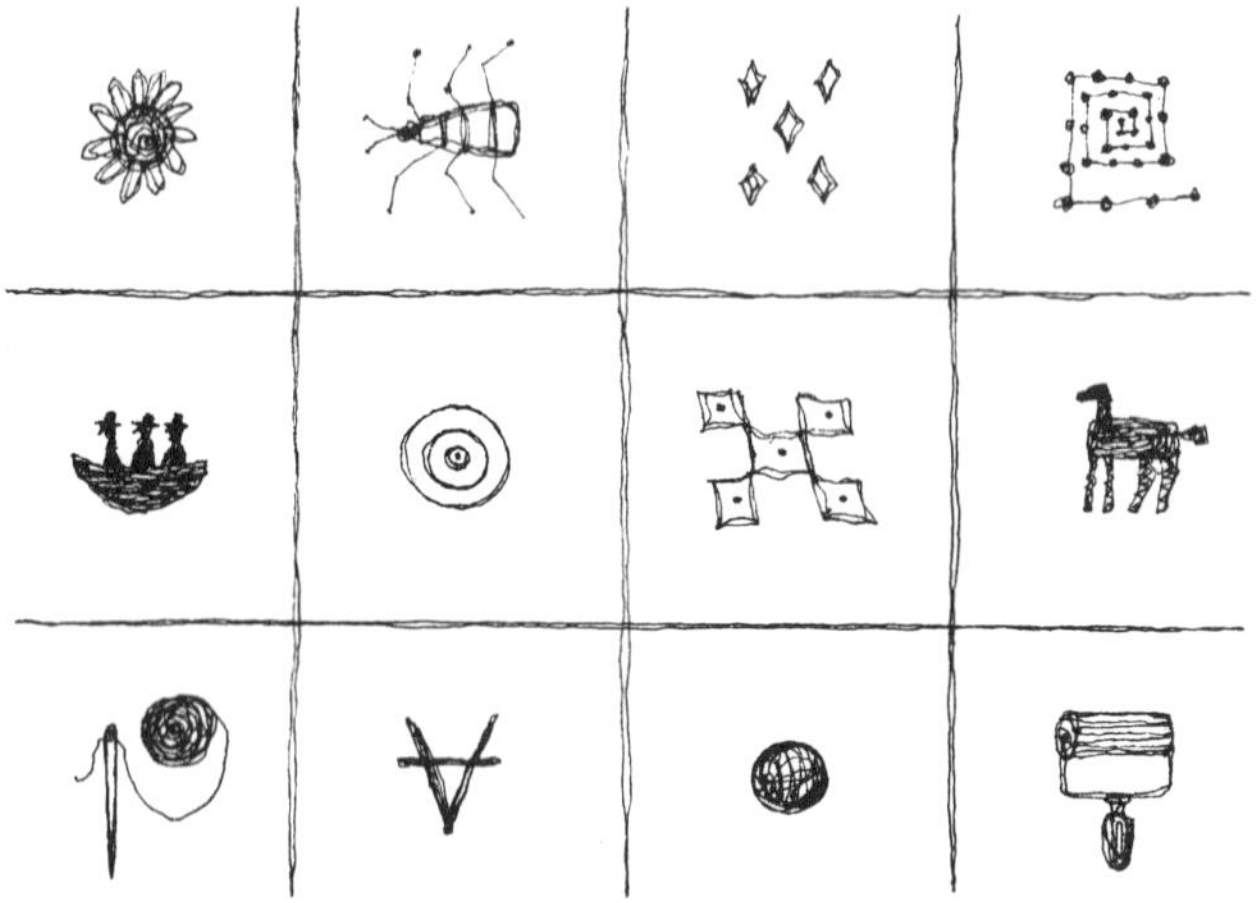

つ

つくえのうえに
つみあげたほん

つくづく
つきなみでつまらない
つえついてじいさんは
つちいじりにでかけた

つかれてかえると
つちとはなにかをかんがえた
つのこうもくをじしょでしらべ
つぎのとおりかきつけた
つちからでてきたものを
つらつらかんがえるに

つきみそう
つくし
つくつくぼうし
つげ
つた
つちがえる
つちぐも
つちぼたる
つつじ
つばき
つゆむし
つりがねそう
つりがねむし
つるどくだみ
つるまめ
つるりんどう
つわぶき

つまりこれらはすべて
つちにかえっていくのである

つのこうもくいがいもしらべたらおおごとなので
つくえをはなれとこについた
つきがこんやはきれいなのに
つちのようにねむりどろのようなゆめをみた

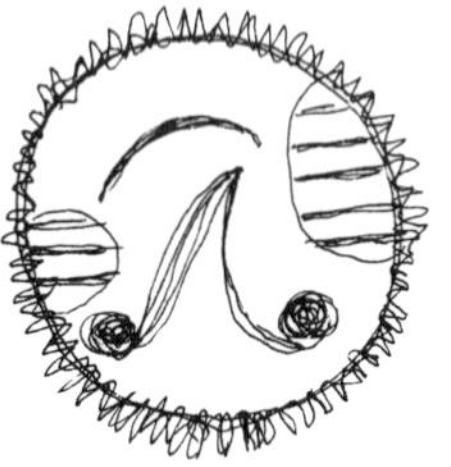

て

てんとうむしが
ていくうひこうしていたら
てんとうさまが
てんをころげてわらった
でんでんむしがおこった
でんでんわかってないね
てんとうさまのかんがえは
てんでてんとうしてる
でんでんむししよう
でんでんたいこうしてやろう
てんとうむしと
てをつなごう　ってね

と

とんでもないことはおきてないよ

とんびが
とけいまわりに
とんでいて

とんぼが
とんがったはっぱから
とびたっただけ

とびうおが
とおくのうみで
とんでいて

となりのねえさん
ともだちみっけて
とんでるだけ

トリスのびんかかえて
とうさんは
とんでもないゆめみてるけど
とんだことにはなってないよ

な

なくしたものは
ながびいたなつ
なつかしい
なかま

なみだと
ないまぜになって
ながめた
なみ

なんども
なみはうちかえした
なけなしの
なつを

ないしょの
なまえを
なげやりな
なみうちぎわに

に

にんげんがにがてになって
にしのれっとうのはじっこまでいった
にわかあめがとおりすぎ
にいにいぜみがなきしきるころ
にじはないろに
にゅうどうぐもやうみやさかなをそめた
にげみずのなかを
にげていくサンシン[1]のかぜのうた
にぎやかにブーゲンビリアのはなばなさき
においをカーチーベー[2]のしまにまきちらした
にっぱやしのみがとおくうかぶ
ニライカナイ[3]のすいへいせんに

にしびがアカナ[4]にかわり
にちぼつのティダ[5]があかあかととけていく

ニヌファブシ[6]ぬ[7]ハイムルブシ[8]とぅ[9]
ニービチ[10]するチュラユル[11]ぬきた

にんげんをまたすきになるための
にがいとおまわりのたびのおわりに

1 蛇皮線
2 夏至南風
3 根の国
4 夕焼け
5 太陽
6 北極星
7 が、の
8 南十字星
9 と
10 結婚
11 きよらな夜

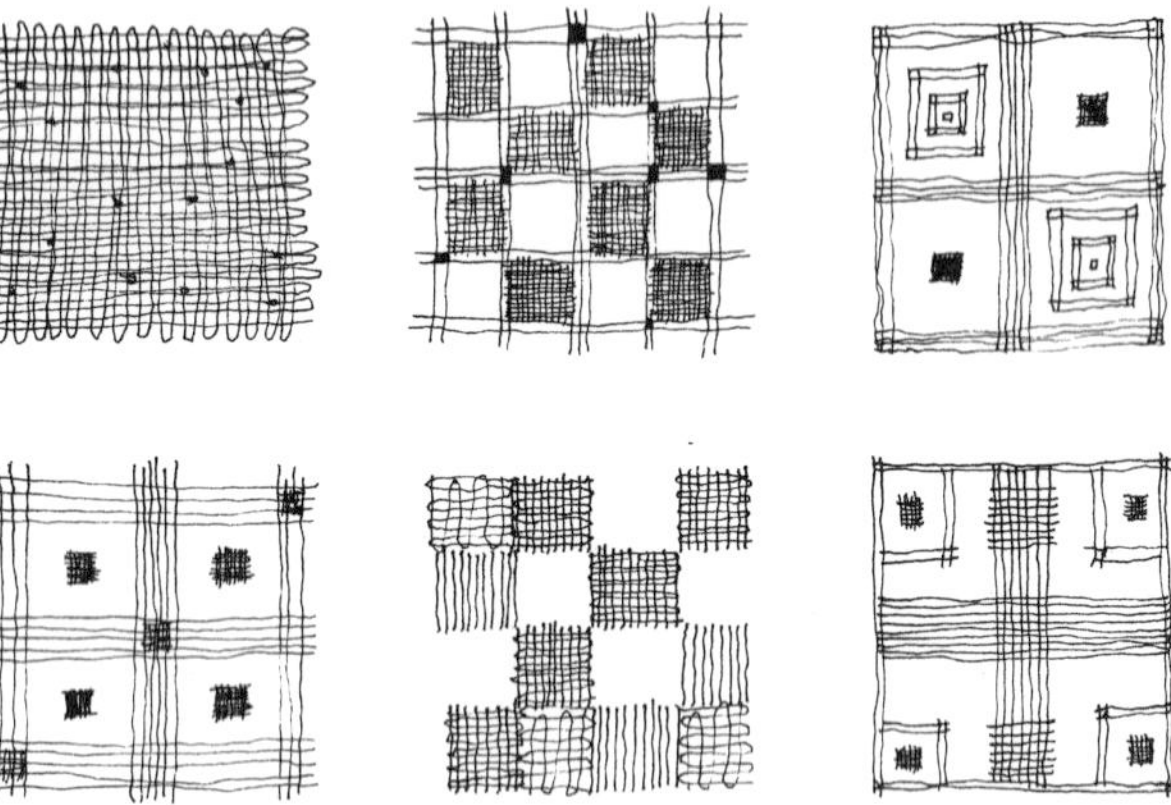

ぬのじで
ぬのじをおりました

ぬぬぬぬぬぬぬぬぬぬぬぬぬぬぬぬぬぬぬぬぬぬ
ぬぬぬぬぬぬぬぬぬぬぬぬぬぬぬぬぬぬぬぬぬぬ
ぬぬぬぬぬぬぬぬぬぬぬぬぬぬぬぬぬぬぬぬぬぬ
ぬぬぬぬぬぬぬぬぬぬぬぬぬぬぬぬぬぬぬぬぬぬ
ぬぬぬぬぬぬぬぬぬぬぬぬぬぬぬぬぬぬぬぬぬぬ
ぬぬぬぬぬぬぬぬぬぬぬぬぬぬぬぬぬぬぬぬぬぬ
ぬぬぬぬぬぬぬぬぬぬぬぬぬぬぬぬぬぬぬぬぬぬ

ぬのがら
ぬいとり

ぬくい
ぬのじ

ね

ねこやなぎには
ねっこ
ねこには
ねずみ
ねむたいとりには
ねぐら

ねえさんには
ねつあい
ねがえりには
ねぶかいわけ
ねがいに
ねらいはなかった
ネオンは
ねむらないよる

ネットには
ねもはもないうわさ
ねむれないまま
ねざけをのんで
ねいりばな
ネガティブなゆめをみた

の

のうかからでてきて
のうきょうのかどをまわって
のうどうからそれて
ノイローゼじゃないよ

のうこうそくで
のこったぶん
のふうけいのなかの
のみちを
のんびりあるいている

　のあざみ　のあずき
のいばら　のがも
　　のがん　のかんぞう
のきしのぶ　のぐみ

のげし　のこぎりそう
のこんぎく　のすり
のせり　のはぎ
のびたき　のびる
のぶき　のぶどう

のざわのながれをすくって
のんで
のぼとけのわきにすわって
のほほんとリハビリのまいにち

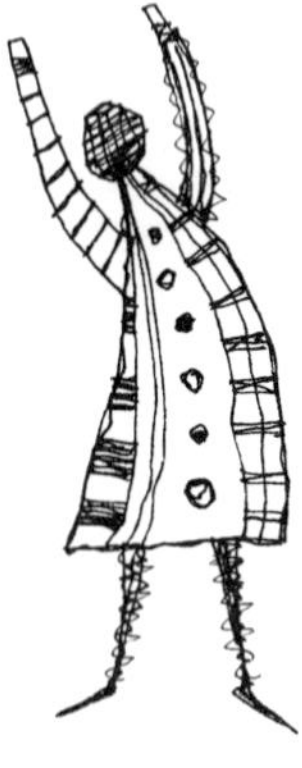

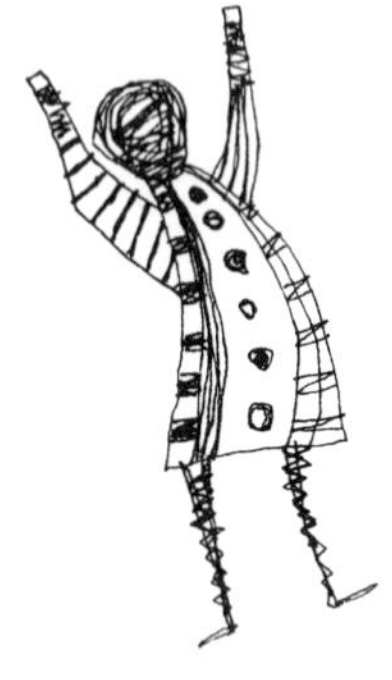

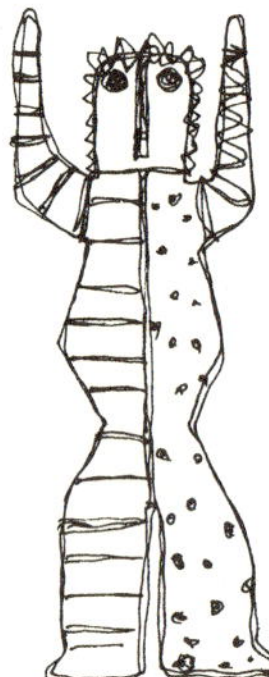

は

ははははちちをはげしくなじり
はらはらとないた
はものをもちだし
はくさいをきりきざんだ
ハムを
はんぶんにちょんぎった
はたきをもちだし
はなれをそうじした
はさみをもちだし
はぎれをとりだした
はながらをきりとり
はりばこをひきよせた

はんてんのやぶれめを
はなびらでぬいとった

はんせいしているのかちちは
はあとためいきをついた

はらからのこどもたちの
はるかなるははのいかりのきおく

ひ

ひだまりのなか
ひとがたまって

ひとときのまを
ひといきついた

ひどけいのはり
ひまわりのはな

ひとのうわさと
ひとくちのパン

ひろがるかおり
ひきたてのまめ

ひどくふるびた
ひろばのカフェ

ひかんするひと
ひふんするひと

ひもにつながれ
ひがんでるいぬ

ひきつけおこし
ひるねするねこ

ひろげたほんは
ひろげっぱなし

ひかるうみから
ひろったはなし

ひからびていく
ひれんのページ

ひがないちにち
ひがおちるまで

ふ

ふるさとは
ふるびたまま
ふくかぜは
ふきつづけた

ふるあめは
ふりつづいた

ふいにしんだちちは
ふきげんなまま
ふんばったははは
ふんばりつづけている
ふりそそぐひざしは
ふりそそぎつづけた

ふるほしくずは
ふりつもるじかん

ふりかえれば
ふりかえるせんぞたち

ふるさとはぼんまつり
ふるさとはあかとんぼ

ふしぎなはなやぎのあと
ふかいとうめいなあきがくる

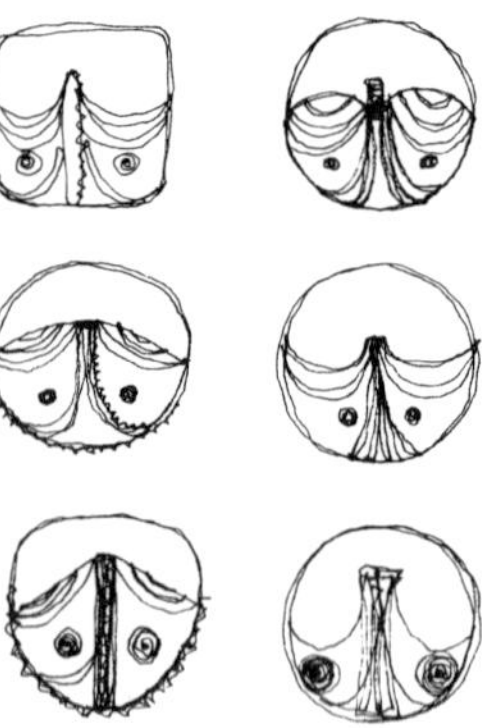

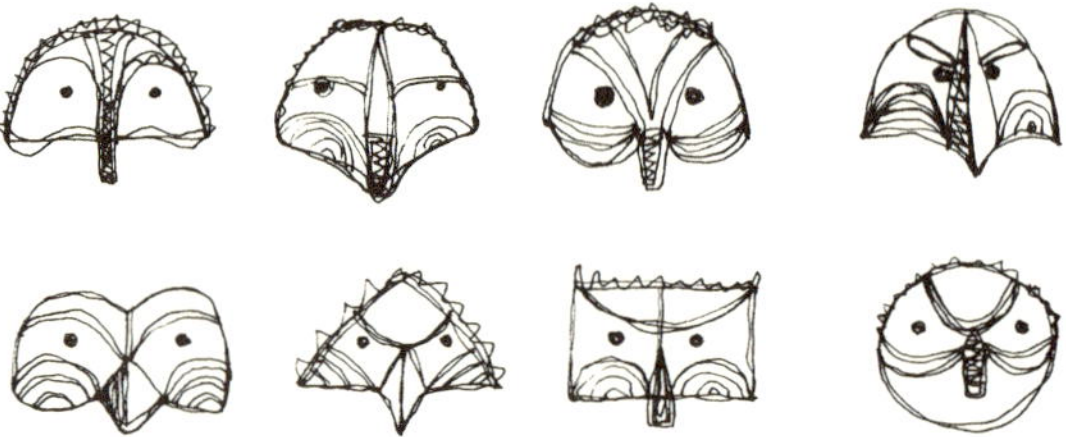

へ

へをすこしはなして
へいこうにふたつ
へのすぐしたにのをふたつ
へとののちゅうおうしたにもをひとつ
へをそのしたにひとつ
へいにまゆとめとはなとくちができた

へのへのもへのわきに
へたくそなおおきなじをかいた
へいにかおのりんかくとまえがみができた

へへへ　これでかんせい

へいにへばりついてたわるがきども
へいきなかおしてはしっていった

へいのうえには

へちまのしろいはな
へのへのもへじの
へアーをかざった
へへへ　これでかんぺき

ほーほ、ほーたる　こい！

ほ

ほし　ほし　　ほし　　ほし　　　ほし　　ほし　　ほし
ほし　　　ほし　　　ほし　　　　ほし
ほし　　　　　　　　　　　　　　　　　　ほ
ほし　　　　　　ほし
ほし　　　　ほ　　　　　　　　　ほたる
ほし　　　　　　　　ほし　　　　ほたる
ほたる　　ほたる　　ほたる
ほたる　　ほたる　　ほたる　　ほたる　　ほたる
ほたる　　　　ほたる　　　ほたる　　　ほたる
ほたる　　　ほたる　　ほたる　　ほたる　　ほたる
ほ　ほたるこい　　　　　　ほたる　　　　ほたる
ほほほほほほほ　　　ほほほほほほほほほほほ
ほほほほほほほ　　ぼけのき　　ほこら　　ほうずき
ほらあな　　ほとけさまのとなり　ほうせんか　　ほおじろ
ほととぎす　　　　　　　　　　　　ほとけのざ
ぼけのき
ほしのがわ　ほしのがわ　ほしのがわ　ほしのがわ　ほしのがわ

ま

まるいちきゅうの
まるいすいへいせん

まっさおなうみ
まっかなたいよう

まっすぐなほばしら
まがったらしんばん

マドロスは
まどろむ

まぶしいかがみ
まろやかなはだ

マンゴーのあまさ
まくわうりのつめたさ

まばたきするひとみ
まきつけたうで

まっさらなベッドカバー
まるいちぶさとおしり

まどのそとには
まっしろなスコール

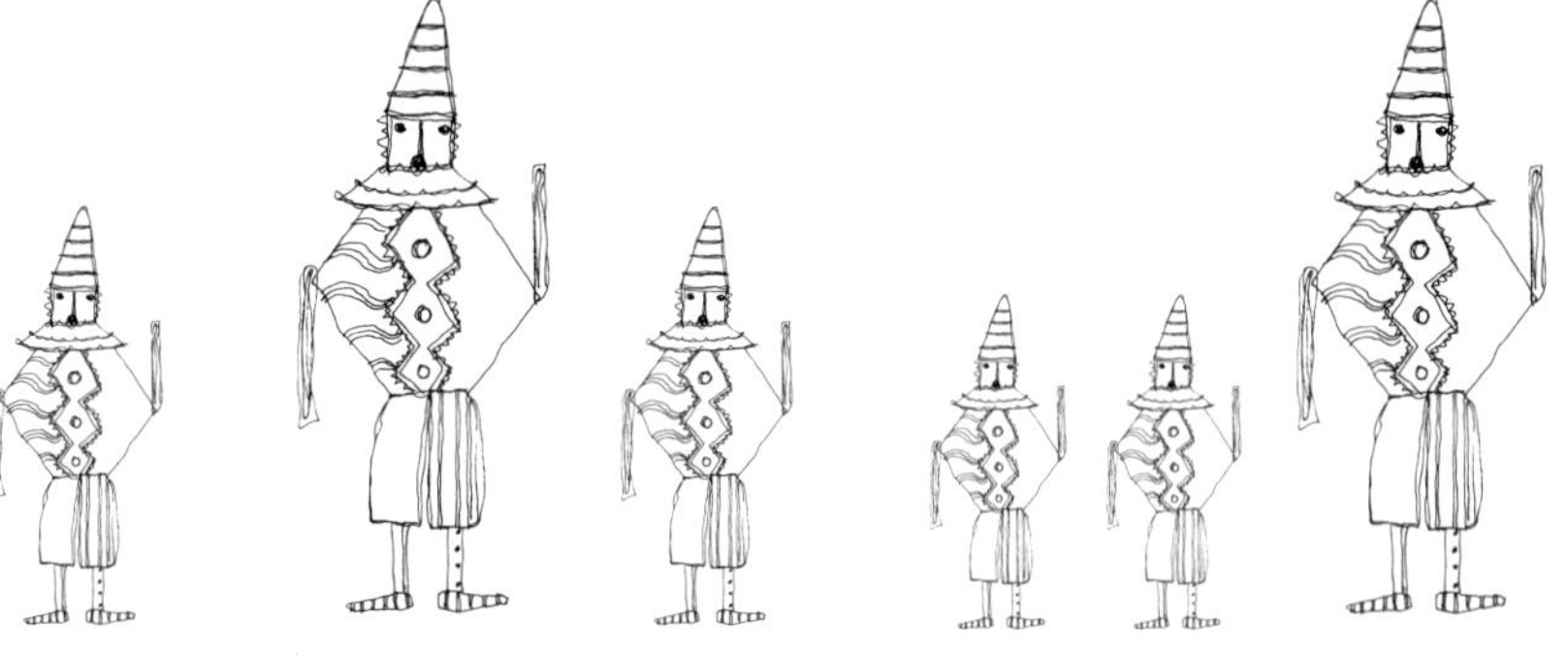

み

みみずくの
みみは
みどり

みずばしょうの
みみは
みずいろ

みどりごの
みみは
みらい

みらいは
みえない
みみをすます
みどりと

みずいろと
みらいに

む

むかでは
むこうのほうに
むかっていた

むすうのあしを
むいしきでじゅんじょよくはこび
むりもなくしあわせだった

むかではこいをしほんをよんだ
むかではきょうそうしけいさんした
むかではじゅんじょうからぬけだした

むかでは
むかでとはなにかをかんがえた
むかつくぐらいこんぐらがった
むすうのあしのそれぞれのじゅんじょが

むりなんだいをおたがいしゅちょうした
むじゅんをおこしはじめた

むかではそれからうまくあるけない
むかではじぶんというかんねんを
むかできないでいる

めざしを
めざせ

めざましどけいのなかで
めざめたあさ

めざしはおんなにやかれ
めだまやきのとなり

めっけもののあさ
メリケンこのにおいのするパン

めりはりのないゆめののこりかす
メバルのさくやのにつけよ

めいめいのすいろをとりなおせ
めちゃくちゃなコーヒーをのめ

めいせきなくるったしこうを
メロドラマにまぜよ
めまいをおこしているたいようよ
めいもうからめざめよ
めざすは
めざましいあさのしょくたくだ

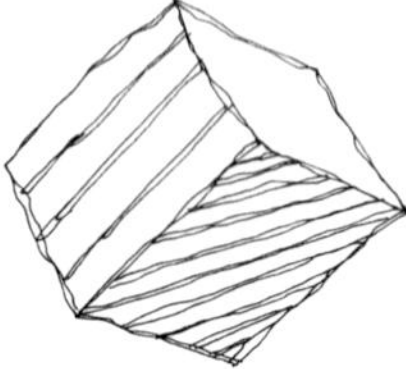

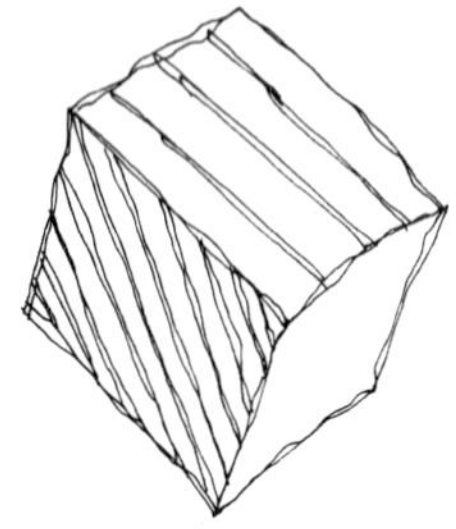

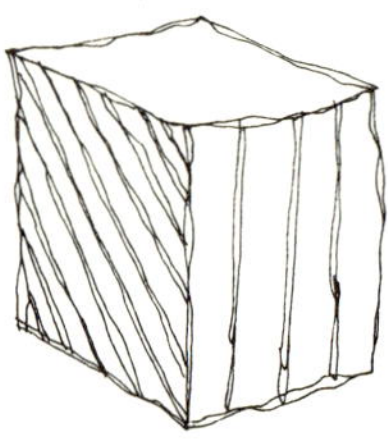

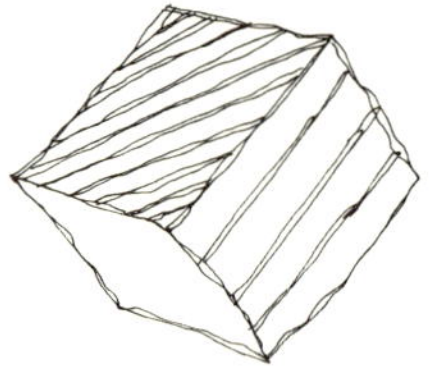

も

もうあきか
ものみな
もえつきるきせつだ
もみがらのにおいのするのうかの
もっともはんたいがわのかれたやぶで
モズがのどをからし
モノトーンのちとちんもくがながれる
もんだいのあき
もたれかかることをやめたあき
もがきくるしんだなつは
もはやもどらない
もえあがるかじつは

もつれるしたとはでたいようをかむ
もたついているとりたちは
もりからさとにおりそらのかいだんでころぶ

や

やくそく
やぶられ
やきもき
やつれて
やきもち
やみつき
やっかい
やまみち
やまあい
やまこえ
やまざと
やぼてん
やまどり
やまびこ
やみくも

ややさむ
やみよに
やどなし
やむなし
やっとこ
やこうに
やっかい
やすんじ
やどかり
やけくそ
やっぱり
やけざけ
やったよ

ゆびきりげんまん
ゆびきった
ゆびからあかいち
ゆうやけこやけ

ゆこかかえろか
ゆうひがおかに
ゆるゆるのぼる
ゆみはりのつき

よ

よこしまな
よるよこい

よいどれの
よるよこい

よこみちを
よるよこい

よされぶし
よるよこい

よこなぐり
よるよこい

よたってる
よるよこい

よりかかる
よるよこい

よたよたと
よるよこい

よみさしの
よるよこい

よいぼれて
よるよこい

よそゆきの
よるよこい

よそおって
よるよこい

よそみして
よるよこい

ら

ラジオニュースのじかんです
らっきょうのかわがはんらんしました
らせんかいだんがうずをまいています
ラムしゅをのみすぎてかあさんたちがよっぱらい
ラムネのかいしゃがとうさんしました

らくごのつづきがていぼうをこえ
らくをしすぎていたはなしかがおちでおぼれました
ランダムなしをかいていたらんぼーなしじんが
らぎょうでいきづまりアルコールにおぼれています
ラテンごのつづりもこうずいです
らんどくしていたがくしゃがてんらくしました

ライスちょうかんがナイスなえんじょをはっぴょう
ライスがおしよせひまんのくにがげっぷでがけっぷちです
ラムズフェルドがばらまいたばくだんのあめあられで
らりるれろれつのまわらないヘリコプターがついらく
ライラックのくらくらするきせつになりましたが
らくらいのぎせいしゃがきゅうぞうしています
らくだのこぶがみえないほどオイルかかかくがじょうしょう
らっかんてきなせいふのせいさくがひはんされています
らんざつなかみさまのけらいだっただいとうりょうが
らくだいのらくいんをおされじにんしました

り

りくちでは

リッチなりそう
りちぎなりろん
りっぱなりくつ
りざといりこう
りはつなりはつや
りきんだりんり
りづめのりこん
リンクするりんき
リアルなりえき　など

りくちには

りゅうぜつらん
リラ
リンデンバウム

りんどう　など

りくちのむこう

りかいのそとに
りんりんとうみなどひかる
りきゅうねずみのあめなども

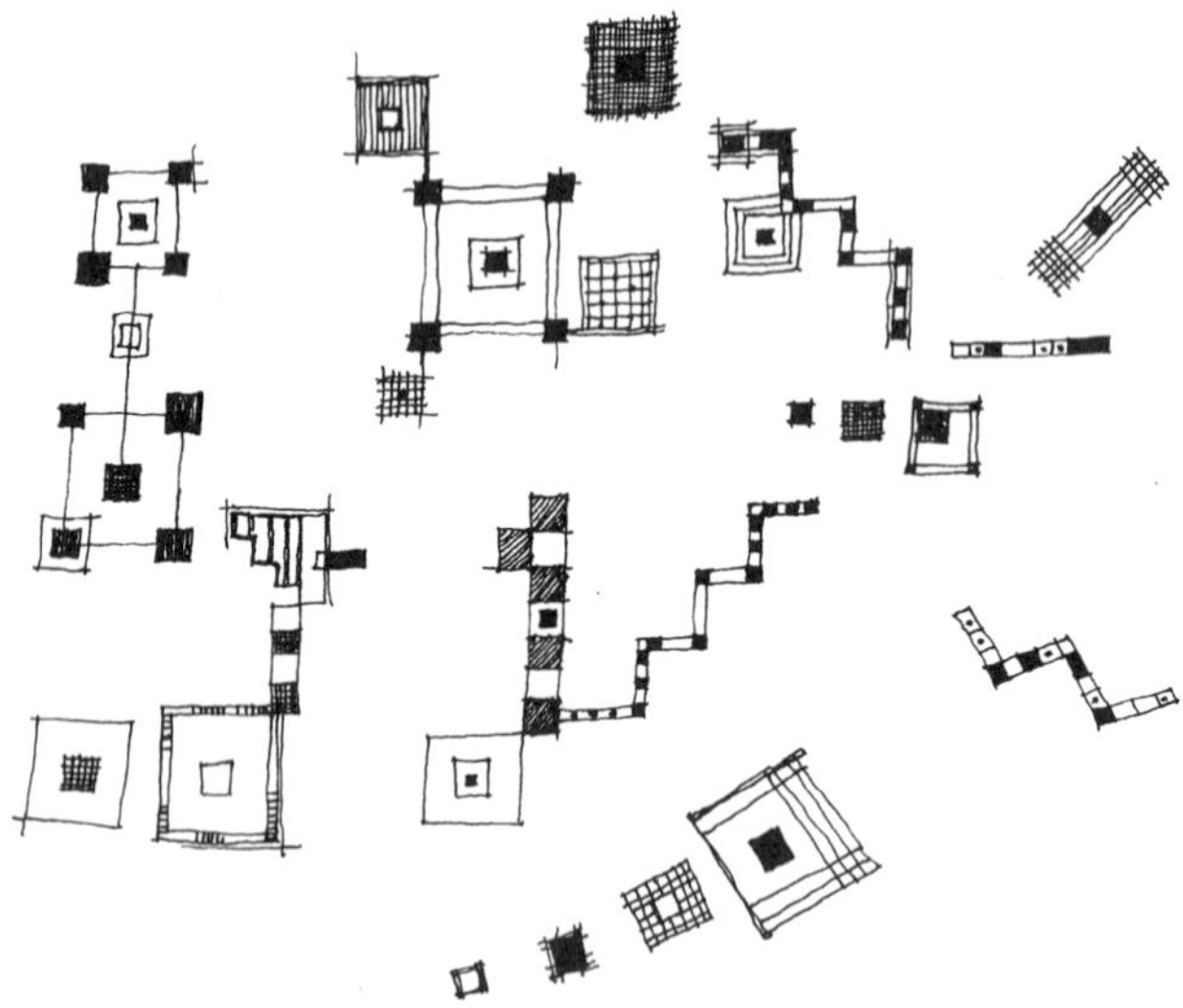

る

るりいろのそらのした
るりいろのみずながれ

るりかけすきにとまり
るりそうかぜにそよぐ

るりちょうたかくとび
るりたてはひくくとぶ

るりかんのんのとなり
るりこうにょらいえむ

るるならべてはあそぶ
るりいろのことばたち

れ

れんらくしましたよ

れんめんたるてつろのような
れろれろのてがみをかき
れっしゃにのったのです

レストランのレクイエム
レセプションのレタス
レトロなレナウンむすめ
レマンこのレムすいみん
レモンのかくばったレジスタンス

れんらくせんにのりつぎました
れんぼのうたなどうたったのです
れんぞくしてしろいなみがとおざかり
れいぎしらずのかもめなどとんでいました

ろ

ろんりがくのほんをかいたおとこが
ろくでもないいしをかいている
ロンリーマンにでんわしました

ろんりってこどくだよ
ろうじんのさんだんろんぽうの
ロマンはうれないよ

ロリコンの
ロコモーションが
ろせんバスとけっこんしたんだってなあ

ロココようしきのしたぎつけ
ロンパリのウインクなんかしちゃってさ
ロザリオのそろいのくびかざりつけてるらしいよ

ロンドンはあめでパリははれ
ロシアはゆき
ローデシアではひでりのようだね

ろんりまんのなかであめがふり
ロンリーマンのなかでろんりがうまれ
ろじょうでケータイしながらすれちがいました

わ

わわわわわ
わ　　　わ
わ　　　わ
わ　　　わ　　　　わたぐも
わわわわわ　た　　ぐ
　　　　　　ぐ　　　た
わになって　　もぐたわ
わけもなく
わらいあう
わるがきも
わんぱくも
わがままも
われわすれ
わんてんぽ　おくれて
わったいむ　is it now?

わだつみを
わたりおえ
わきあがる　ン
わたぐもの　ガ
わたるそら
われがねの　ガンガンガンガン
ン
わくわくの　ガン
わかいまち
わがみなと　ン
わいわいと　り
わさわさと　わ　ど
た
わたしぶね　り
ど
わたしゆく　た　り
われさきに　わ
わかれゆく　わ　た
た　り
り　ど
ど　り
り

ん

んーとあたまかかえても
んーといきんでも
んーなーんにもでません
んではじまることばはしりませ
ん
んでおわることばしかしりませ
ん

んでもって　おで
ん　かんて
ん　ところて
ん　ばって
ん　おきなわに
んではじまるくとぅば
ん　あるとです

んぞゆ
んぞ
んぞとぅいぃむしでぃ　ちちゆみばわじか*

*こころが空っぽになるほど愛するひと（無蔵）よ、貴方と縁を結んでからの、月を数えれ（読め）ば、わずか（なのに、こうして別れなければならないとは……）。

あいうえお……………ん　詩画集

著者　大石陽次（おおいしようじ）
太田拓美（おおたたくみ）
発行者　久田恵
発行所　花げし舎
〒一七六―〇〇二二　東京都練馬区向山三丁目三番六号
電話　〇三―三八二五―〇九〇一
URL: http://homepage2.nifty.com/hanagesisha/
発売所　株式会社　青灯社
〒一六〇―〇〇二二　東京都新宿区新宿一―四―一三
電話　〇三―五三六八―六五五〇
URL: http://www.seitosha-p.co.jp/
振替　〇〇一二〇―八―二六〇八五六
装本　稲葉宏爾＋岸本剛
印刷　近代美術
製本　石津製本
発行日　二〇〇七年四月一四日

ISBN978-4-86228-011-4